Primera edición: octubre 2025

Ilustradora representada por la agencia literaria Ute Körner

Valentín Beato, 21. 28037 Madrid
www.brunolibros.es

PAPEL DE FIBRA CERTIFICADA

ISBN: 978-84-696-4580-2
Depósito legal: M-16773-2025

Impreso en España – *Printed in Spain*

DRA. MONTSERRAT EROSTARBE PÉREZ
ILUSTRACIONES DE SUSANA SOTO

CUIDO MI MENTE

¡YA NO ME ABURRO!

CÓMO COMBATIR LA IMPACIENCIA
CON EL PODER DE LA IMAGINACIÓN

Bruño

Algo increíble está a punto de suceder…

—¡Qué ilusión! —dice Lola.

Lola está en casa de sus abuelos esperando la gran noticia. Lleva días esperando, esperando y esperando para conocer a Santi…

Pero la espera desespera y la niña empieza a impacientarse.

¿A TI TAMBIÉN TE CUESTA ESPERAR? A MÍ NO ME GUSTA NADA, ¡LO QUIERO TODO YA! PERO MAMÁ SIEMPRE ME DICE QUE CADA COSA NECESITA SU TIEMPO, Y ES VERDAD: ¡MI HERMANITO SE ESTÁ TOMANDO SU TIEMPO PARA NACER!

—Pero, Lola, ¡si acaban de irse al hospital! —dice la abuela—. Tenemos que esperar un poco más.

—Vale, pero solo un poco más.

—No te preocupes, que cuando Santi nazca, él se hará escuchar —sonríe la abuela.

—¡Pero es que yo quiero verlo YA! ¡Quiero verlo AHORA!

¿CUÁNDO TE CUESTA MÁS ESPERAR? A MÍ, ¡CUANDO NO SÉ CUÁNTO TIEMPO FALTA!

Lola desea con todas sus fuerzas tener a su hermano en brazos, así que no para de preguntar:

—Abuela, ¿Santi ha nacido ya?

Hasta que, por fin, tras una eternidad, suena el teléfono.

123

Con mucha emoción, Lola
y sus abuelos corren al hospital
para conocer al pequeñín.

Sin embargo, nada más llegar, una enfermera les dice:

—Esperen aquí, por favor, aún no pueden pasar.

—¿¿¿Cómo??? ¡¿Tenemos que esperar aún más?! ¡Esperar es aburridísimo! —dice Lola desesperada.

CUANDO TENGO QUE ESPERAR
MUCHO RATO, ME PONGO NERVIOSA
E IMPACIENTE.
¿A TI TAMBIÉN TE PASA?

La abuela se acerca a Lola. Después, se sienta junto a ella y le coge la mano con suavidad.

—Todos tenemos que esperar a veces, cariño. Por ejemplo, en la cola del súper o en la parada del autobús.
Por eso, debemos aprender a ser pacientes y no ponernos de mal humor.

MI ABUELA TIENE RAZÓN,
¡MUCHAS VECES HAY QUE ESPERAR!
ASÍ QUE ES MEJOR
QUE APRENDAMOS
A SER PACIENTES.

—Pero es que no sé qué hacer, ¡me aburro mucho! —se queja Lola.

—Bueno, puedes pensar, imaginar, inventar… —dice la abuela.

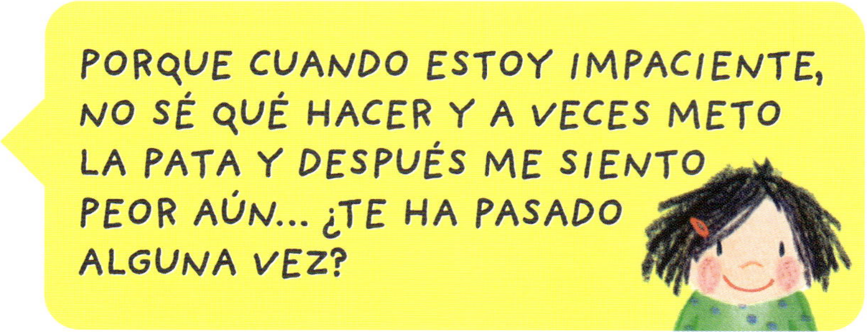

¡SEGURO QUE LOS MAYORES
TAMBIÉN HAN TENIDO
QUE APRENDER A ESPERAR!

De pronto, a Lola se le ocurre una solución a su aburrimiento.

—¡Abuela! ¿Me prestas tu móvil? —pregunta con los ojos brillantes y una gran sonrisa.

—Sí, claro. Mi móvil te va a encantar: solo sirve para llamar.

—¡Jo, abuela! —grita Lola—. ¡Con este móvil no se puede ver dibujos ni jugar!

CUANDO NO SABES QUÉ HACER, ¿TÚ TAMBIÉN PIDES EL MÓVIL O LA *TABLET*? EN REALIDAD, HAY OTRAS MANERAS MÁS DIVERTIDAS DE PASARLO BIEN MIENTRAS ESPERAMOS. ¿SE TE OCURRE ALGUNA?

Lola se queda sentada mirando hacia el fondo del largo pasillo del hospital. No hay nada que hacer, nada con qué jugar.

05

Hasta que su abuelo le pregunta:

—¿Quieres que te cuente la historia de cuando estuve viviendo en el hospital?

Lola asiente sin demasiado entusiasmo.

—Este lugar está lleno de magia —continúa el abuelo—. Y es que en realidad no es un hospital, sino una nave espacial donde los doctores son astronautas…

… ¡y las enfermeras,
mecánicas!
Fíjate bien y ya verás…

Lola empieza a interesarse. ¿El hospital una nave espacial? ¡Eso suena muy bien!

Entonces su imaginación despega y empieza a volar.
Todo se vuelve misterioso, galáctico y emocionante.

—¡Mirad, abuelos! ¡La falta de gravedad me hace flotar! ¡Las estrellas empiezan a brillar! Y ese señor es un extraterrestre…

—¿Ves qué divertido? —dice el abuelo—. Si un día te toca esperar y no tienes ningún juguete, recuerda que siempre puedes imaginar, ¡mola mucho más que un móvil!

CUANDO IMAGINO, UN DÍA
SOY UN PEZ, OTRO DÍA
PUEDO VOLAR...
¡TODO ES POSIBLE!

De repente, aparece una enfermera sonriente.

—Familia, cinco horas de espera; ¡no está nada mal!

¡Lola no se lo puede creer! ¿Cinco horas? Pero si eso es como ir al infinito y…

—¡Ya pueden pasar! —dice la enfermera.

Lola ha aprendido que un truco genial para esperar es imaginar, y así se lo enseñará a su hermano Santi.

A PARTIR DE AHORA,
¿CUÁL SERÁ TU TRUCO
PARA ESPERAR?

AHORA, PASE
LO QUE PASE,
¡YA NO ME ABURRO!

CUIDO MI MENTE

Orientaciones para los padres

Hoy en día, educar en el desarrollo de la paciencia de los más pequeños supone un reto real y difícil. Por eso, precisamente, ¡seamos pacientes en conseguirlo!

Los adultos nos hemos acostumbrado a obtener muchas cosas de manera casi inmediata. Y con ello, nosotros mismos podemos ir perdiendo la capacidad para esperar y ser pacientes. Los niños viven también esta sensación de urgencia, lo cual forma en ellos ideas erróneas sobre el funcionamiento de las cosas o el tiempo que requieren.

Algo que nos puede ayudar es autoobservarnos en los momentos de espera delante de nuestros hijos, haciéndonos preguntas como: ¿nuestras palabras y gestos nos hacen parecer impacientes?, ¿consolamos la impaciencia de nuestros hijos dándoles inmediatamente lo que piden? Si la respuesta es que sí, darnos cuenta de ello nos ayudará a regularnos ocasionalmente, y también a darles buen ejemplo.

En caso de que el pequeño ya tenga dificultad para esperar y no tolere bien el aburrimiento, un buen ejercicio es ir demorando poco a poco el tiempo que tarda en conseguir su gratificación. No obstante, debemos saber que hasta que empiece a desarrollar la paciencia su comportamiento inicial podrá intensificarse y sernos especialmente molesto. Es en esos momentos en los que debemos mantenernos constantes en nuestra estrategia de espera (por ejemplo, si le hemos pedido que espere a terminar de cenar o a que lleguemos a casa) e intentar no dar marcha atrás dándole aquello que nos pide con insistencia. Aquí, de nuevo, necesitaremos muuuucha paciencia.

También podemos aprovechar los momentos de espera para hablarles de la importancia de ser pacientes: a la hora de ser atendidos, recibir un pedido, esperar el autobús, etc.

Es bueno que nuestros hijos aprendan a tolerar el aburrimiento. ¿Y cómo lo aprenden? Pues... ¡aburriéndose! Entender esto pondrá freno a nuestra necesidad de «llenar» su aburrimiento con actividades o incluso con las pantallas como distractoras.

Un buen ejercicio que se puede hacer durante los ratos de espera es fomentar la imaginación. Durante el juego imaginativo o simbólico entran en funcionamiento multitud de capacidades cognitivas. En cambio, cuando los niños disponen única y constantemente de juguetes diseñados por un adulto a un altísimo nivel de detalle sensorial (luces, sonidos, movimiento...), entonces no activan todo el poder cerebral de su imaginación y, con ello, tampoco la fomentan. Este tipo de juguetes no son malos de por sí, y es normal que nuestros hijos los tengan; pero deberíamos mimar especialmente los momentos de creatividad e imaginación, sobre todo en familia. Reforzando este tipo de juegos, les ayudaremos a que los mantengan más tiempo durante su infancia.

Montserrat Erostarbe
Doctora en Psicología
Departamento de Neuropediatría
Clínica Universidad de Navarra

Si te gustó este libro...

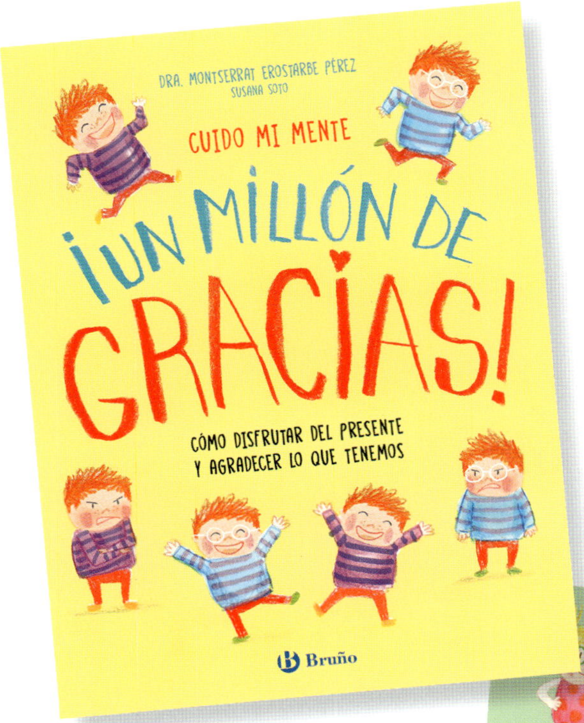